LA GUERRE DE L'UNIVERS ANTIQUE

La guerre de l'univers antique

ALDIVAN TORRES

Canary Of Joy

Contents

1 1

1

La guerre de l'univers antique
Aldivan Torres
La guerre de l'univers ancien

Auteur : Aldivan Torres
2020 - Aldivan Torres
Tous droits réservés.

Ce livre, y compris toutes ses parties, est protégé par des droits d'auteur et ne peut être reproduit sans l'autorisation de l'auteur, revendu ou transféré.

Aldivan Torres est un écrivain consolidé dans plusieurs genres. Jusqu'à présent, les titres ont été publiés dans des dizaines de langues. Dès son plus jeune âge, il a toujours été un amoureux de l'art de l'écriture, ayant consolidé une carrière professionnelle dès le second semestre 2013. Il espère, avec ses écrits, contribuer à la culture internationale, éveillant le plaisir de lire chez ceux qui n'en ont pas l'habitude. Votre mission est de conquérir le cœur de chacun de vos lecteurs. En plus de la littérature, ses principaux divertissements sont la musique, les voyages, les amis, la famille et le plaisir de la vie elle-même. « Pour la littérature, l'égalité, la fraternité, la justice, la dignité et l'honneur de l'être humain toujours » est sa devise.

Dévouement et merci

Après la guerre des Anges

Premier concilie

Premières expéditions

Au siège

À Libertine

La deuxième étape de Podeison

Le troisième débat

Makmarry

Dasteny

La bataille de Virgilia

La décision

Pendant ce temps, au Palais Royal, à Cristalf

A Harrant

La dernière bataille

Réveille-toi

Chez moi

Dévouement et merci

Je dédie ce livre à tous les amateurs de la connaissance et aux mystères les plus profonds. Cela vient apporter de nouvelles informations sur l'instant que tout tourne et produit des miracles.

Je remercie Dieu d'abord, ma famille, mes collègues, mes amis, mes connaissances et mes admirateurs de ma carrière.

Nous inciterons la littérature nationale et chercherons à gagner des espaces plus importants à chaque fois.

La main de l'Éternel m'a atterri sur moi, et l'esprit de l'Éternel m'a pris et m'a laissé dans une vallée pleine d'os. Et l'esprit m'a fait tourner les cercles, partout. J'ai remarqué qu'il y avait un excès d'os dispersés dans la vallée, et ils étaient tous secs. Alors, l'Éternel m'a dit : créature humaine, ces os peuvent-ils raviver ? Je dis : Mon Seigneur, l'Éternel, tu sais. Puis il me dit : Prophétie, disant : Des os secs, écoute la parole de l'Éternel ! Ainsi parle le Seigneur, l'Éternel, j'infuserai un esprit, et tu revivras. Je te couvrirai de nerfs, tu te fais créer de la viande et tu te fouilles de peau. Alors je vais infuser mon esprit, et vous revivrez. Alors vous saurez que je suis l'Éternel.

Après la guerre des Anges

Le mal avait été expulsé de Kalenquer, la première planète créée dans le but d'avoir soif du palais royal et abri des anges, les êtres les plus puissants de l'univers. Tout aurait marché si ce n'était pas pour l'audace de Lucifer et ses serviteurs. Bien que la planète n'en soit plus libre, elle est restée désolée devant tant de pertes. Outre le plus grand événement de destruction jamais connu dans toute l'histoire de l'univers et un autre ne le sera pas.

Lucifer avait été imploser et ses serviteurs jetèrent dans un trou noir profond. Les conséquences de cette plume étaient incertaines pour le reste des survivants. On savait que personne n'échappait à la force gravitationnelle et au feu bouillant du plus grand trou du cosmos. Mais qui le savait ? Personne n'avait prouvé un tel danger.

La vérité elle-même a montré que Dieu était caractérisé par le pardon, la bénigne, la compréhension, la tolérance, l'amour infini et l'acceptation. Aussi mauvais que les démons étaient, ils étaient des créatures de vous et avaient un rôle spécifique dans la division de la force pour savoir, le bien et le mal. Disons qu'il y avait ce permis de rébellion.

L'archange noir était immortel, l'implosion n'était qu'un tour temporaire pour le sortir de la photo. Son esprit se régénéra et rejoignit ses serviteurs dans le terrain dans le trou noir. Le passage de cette étoile était caractérisé par la perte de contrôle, de lumières bleues, de portails blancs, noirs et dimensionnels partout. À un moment donné, ils furent aspirés par l'un d'eux et quand ils arrivèrent à la transition du passage à niveau, de l'autre côté, ils trouvèrent une nouvelle dimension jusqu'à ce qu'ils ne connaissent pas.

Le groupe formé par des millions d'esprits déchirés tomba au milieu d'une planète connue dans la langue locale comme Crovos. Le premier moment de cette nouvelle réalité était le doute, l'anxiété et la nervosité. Qu'est-ce que tu faisais là ? En tant que premier acte sur le territoire neuf, Lucifer envoya les serviteurs de plus petite hiérarchie pour infiltrer les villes locales et enquêter sur le territoire de l'ennemi. Il n'y avait que les sept arcs et dans une conversation rapide décida de s'installer là. Il fut construit un palais monumental avec ses arts magiques et prémourut la première rencontre entre eux. Il y avait beaucoup de travail à faire.

Premier concilie

Lucifer, Belzébul, Asmodée, Mammon, Belphégor, Azazel et Léviathan. Le but était de fixer les premières actions sur la planète récemment découverte.

« Mes grands amis, nous sommes perdus dans ce monde un peu étourdi. Avant autre chose, je m'excuse pour notre échec à Kalenquer. Bien que ce n'était pas un échec complet, maintenant nous sommes vivants, décidés et organisés. On a perdu une bataille, mais on n'a pas encore perdu la guerre. Si ma conscience échoue, nous sommes à Crovos, la troisième planète de notre galaxie et je le vois comme un signe. Nous pouvons reconstruire notre vie ici et qui sait comment confirmer notre réaction aux représentants célestes. Qu'est-ce qui nous arrête ? (Lucifer)

« Rien de vrai, mon seigneur. Pensons positifs et réorganisons nos troupes. Je pense que c'est notre première action. (BELZEBUB)

« Très calme à ce moment-là. Nous n'avons toujours pas de connaissance de l'ennemi. Ce serait bien d'enquêter bien avant d'agir, donc on ne trip pas encore. (Asmodée)

« Je comprends. Je vais examiner votre suggestion. (Lucifer)

« Nous sommes très capables de réagir. Nous devons aller de l'avant et attaquer immédiatement, maître ! (Azazel)

« Je ne sais pas. Réfléchissons. Votre colère peut nuire à votre vision. (Lucifer)

« Mais, mais… (Azazel)

« Rien de grand-chose. (Coupez Lucifer)

Azazel se met un peu en colère. Pourquoi vos suggestions

n'ont-elles jamais été entendues ? Il en avait marre d'être mis au bord. En contrepartie, son infériorité par rapport au patron noir l'a mis désavantager. Il n'était pas sage de se rebeller à nouveau et de faire face à Lucifer. Il garde un peu silencieux à regarder les autres pendant que la réunion se déroule normalement.

« Nous devons être intelligents et très prudents. Si je ne me trompe pas, c'est le pays du descendant du Christ, et il peut utiliser sa puissance contre nous. Rappelez-vous, nous ne sommes pas invulnérables. (Belphégor)

« Oui, maintenant je me souviens. Merci, mon frère. (Lucifer)

« De rien. (Belphégor)

« Nous devons également enquêter sur la richesse de cette planète et les approprier. Avec l'argent, nous pouvons former une armée impossible, encore plus puissante que la classe Miguel Archange. (Mammon suggérée)

« Bonne idée aussi. Bien que je pense que c'est un peu trop tueur pour le comparer à la classe de Miguel, il est bien devant nous. Nous devons d'abord diriger un monde pour essayer de montrer la force et être respectés.

« Exactement. Je dois reconnaître la force de mon ennemi, bien que nous soyons aussi forts. Ma fierté n'en est pas là. (Lucifer)

« Alors quoi, maître ? (Asmodée)

« J'attendrai la nouvelle de notre expédition expédiée sur la planète. Après les avoir entendus, je déciderai. (Informer Lucifer)

« Entre-temps… ! » Azazel)

« Tout a son temps. Faisons cette pause pour réfléchir à ce

que vous avez vécu et faire des plans. Je promets que ce n'est pas encore fini, c'est le début d'une nouvelle histoire pour nous. Pour le mal ! (Lucifer)

« Pour le mal ! (Les autres)

« Je vais fermer cette réunion ici. Nous nous occuperons de nos autres responsabilités. Vous êtes licencié. (Lucifer)

Le mal avait été expulsé de Kalenquer, la première planète créée dans le but d'avoir soif du palais royal et abri des anges, les êtres les plus puissants de l'univers. Tout aurait marché si ce n'était pas pour l'audace de Lucifer et ses serviteurs. Bien que la planète n'en soit plus libre, elle est restée désolée devant tant de pertes. Outre le plus grand événement de destruction jamais connu dans toute l'histoire de l'univers et un autre ne le sera pas.

Lucifer avait été imploser et ses serviteurs jetèrent dans un trou noir profond. Les conséquences de cette plume étaient incertaines pour le reste des survivants. On savait que personne n'échappait à la force gravitationnelle et au feu bouillant du plus grand trou du cosmos. Mais qui le savait ? Personne n'avait prouvé un tel danger.

La vérité elle-même a montré que Dieu était caractérisé par le pardon, la bénigne, la compréhension, la tolérance, l'amour infini et l'acceptation. Aussi mauvais que les démons étaient, ils étaient des créatures de vous et avaient un rôle spécifique dans la division de la force pour savoir, le bien et le mal. Disons qu'il y avait ce permis de rébellion.

L'archange noir était immortel, l'implosion n'était qu'un tour temporaire pour le sortir de la photo. Son esprit se régénéra et rejoignit ses serviteurs dans le terrain dans le trou noir. Le passage de cette étoile était caractérisé par la perte de contrôle, de lumières bleues, de portails blancs, noirs et dimensionnels partout. À un moment donné, ils furent aspirés par l'un d'eux et quand ils arrivèrent à la transition du passage à niveau, de l'autre côté, ils trouvèrent une nouvelle dimension jusqu'à ce qu'ils ne connaissent pas.

Le groupe formé par des millions d'esprits déchirés tomba au milieu d'une planète connue dans la langue locale comme Crovos. Le premier moment de cette nouvelle réalité était le doute, l'anxiété et la nervosité. Qu'est-ce que tu faisais là ? En tant que premier acte sur le territoire neuf, Lucifer envoya les serviteurs de plus petite hiérarchie pour infiltrer les villes locales et enquêter sur le territoire de l'ennemi. Il n'y avait que les sept arcs et dans une conversation rapide décida de s'installer là. Il fut construit un palais monumental avec ses arts magiques et prémourut la première rencontre entre eux. Il y avait beaucoup de travail à faire.

L'ordre de Lucifer fut immédiatement reconnu, et chaque démon allait chercher ses devoirs. Crovos était une planète paisible et prête à être découverte. Nous ne pouvions pas souhaiter bonne chance à ces sales prémourut parce que leur but était juste la destruction et l'affront de Dieu. Que le Seigneur ait pitié de ces créatures et d'autres personnes en danger avec leur présence. Allons-y.

Premières expéditions

Les démons ont envoyé une première impression de la terre et son peuple s'est répandu dans les sept villes assoiffées de Crovos : Libertine, Podeison, Dasteny, Dasteny, Harrant et Cristalf. Ils étaient dans un nombre considérable errant autour des avenues et des zones rurales, causant généralement une émeute et une étrangeté dans les locaux. Qui les êtres avec des ailes viriles et pleines d'ailes, et qu'ils voulaient d'eux ?

Au début, les démons pouvaient agir librement, mais quand ils infiltrent les habitants commençaient à être appelés espions. La défense locale a ensuite été déclenchée et a commencé à les approcher en demandant des explications. Malgré la langue distincte, les démons avaient le don de langues et compris exactement ce qui se passait. Ils ont réagi en utilisant leur force physique et leurs pouvoirs contre la police défensive. Comme chaque action a une réaction, la force de Crovense au plus haut nombre a réagi et il y a eu une petite embrase. Ils ont réussi à piéger les étrangers et ont finalement arrêté certains d'entre eux. Les autres ont réussi à s'échapper et avertir leurs associés, puis un ordre de fuite a été donné.

Les autres démons sont partis des villes citées et ont commencé à revenir au siège social. Il fallait que les autres connaissent le premier résultat de l'expédition et prennent peut-être une action de réaction drastique. Comme c'était, je ne pouvais pas rester.

Ils déchargent leur colère dans tout ce qu'ils trouvent sur le chemin : pierres, arbres, routes et petits villages. Ils provoquent une dégradation considérable juste par malgré les habitants. C'était une marque de démons, de colère, de fierté et d'audace. Quand ils en ont marre de faire le mal, ils font le reste du chemin avec régularité. Il est temps de commencer à jouer.

Au siège

Les démons arrivaient en paquets, rapportés à leurs patrons, puis ils se présentèrent au leader des anges rebelles dans le palais d'opposition. Dans la pièce qui est destinée à cela, on lui a donné le début d'une deuxième réunion déjà en connaissance, bien sûr.

« Mon groupe ne m'a pas donné de bonnes informations. Les habitants ont résisté à notre présence. Et les autres groupes ? Des informations pertinentes ? (Azazel)

« Dans mon cas, la même chose. (Mammon)

« Aussi. (Belphégor)

« Je ne vous ai pas dit ? J'avais raison. Bien sûr, ils ne nous accueilleraient pas avec des fleurs parce que nous sommes des étrangers dans les nids. (Azazel)

« Je sais, c'est vrai. Avez-vous des informations sur la façon dont ils organisent et leur pouvoir militaire ? (Lucifer)

« Les rapports sont bien équipés et bien organisés. Mais ils ne sont pas à la hauteur de dieux comme nous. Avec une bonne stratégie et avec l'efficacité, nous pouvons sortir victorieux et conquérir cette planète. (Asmodée)

« Bon à savoir. On est libres pour le moment. Je veux que tu formes tes légions toute la journée, pour que tu sois prêt à te battre. Cette indignation ne restera pas impunie. On ne peut pas échapper à une bataille de plus. (Le diable)

« Maintenant, nous parlons. (Azazel)

« Il s'en occupera personnellement. Donc, quand on aura ordonné, on commencera la guerre et le meurtre cruel de ces gens pourris. Crois-moi ! (Asmodée)

« Au travail ! » (Lucifer)

La réunion a été dissoute et les serviteurs ont renvoyé pour travail. Les guerriers commencèrent et durèrent un peu de temps pour qu'elle soit achevée. Alors que le moment n'arrivait pas, l'archange de l'acier prévoyait les prochaines étapes. Qui pourrait les arrêter ?

À Libertine

En une semaine, les serviteurs du mal ont travaillé pour perfectionner leurs compétences de combat et leur pouvoir physique. Les sept princes de l'enfer ont pris en charge d'innombrables légions, leur enseignant ce qu'ils savaient sur les tactiques possibles d'être adoptées dans un paquet. Au terme de cette étape, l'ordre de guerre a été donné et le premier peloton a été déplacé au premier front de bataille, situé à Libertine.

Libertine était située dans la région ouest de la planète et comptait environ 500 000 habitants, étant le moins peuplé des sept villes-Etats avaient entendu parler de l'insurrection des extraterrestres et un groupe spécial fut assemblé par la force ennemie.

En utilisant les groupes de combattants, ils se sont mis à affronter près de la région urbaine, la ville déjà évacuée pour précaution. Le nombre de combattants était équilibré. Mais la force des démons était beaucoup plus grande. Pendant qu'un alien est tombé, deux endroits s'effondrent sur le champ de bataille. La place soulevant fut prise, pressant d'un côté à l'autre, les différends. Comme dans toute la guerre, elle prédominait la souffrance, le désespoir, la douleur, l'incompréhension et tout homme pour lui-même. Tout pour le pouvoir et l'affirmation d'un égoïsme de aucune taille.

Lentement, le groupe mauvais profitait en nombre évident et il n'y avait pas de réaction plausible. La sortie des habitants locaux devait s'enfuir vers les autres villes. Résultats : la ville a été prise et les gens qui y ont été emmenés comme esclaves. Les richesses ont été pillées et le patrimoine historique détruit. C'était le premier signe de démoniaque maléfique et qui ne jouait certainement pas. Toutefois, rien n'a été décidé. Il y avait encore six autres villes à essayer de conquérir, et la force locale ne pouvait être méprisée par leur foi, leur volonté, leur griffe et leur courage. Attendons les prochains événements.

La deuxième étape de Podeison

Un autre groupe a rejoint l'équipe restante qui a remporté Libertine sur le côté des démons. Ils se sont joints à leurs forces et se sont mis en route vers la conquête de la prochaine ville appelée Podeison, qui était à environ 300 kilomètres du point où ils étaient. Le temps et l'esprit étaient très bons parmi les commandants du grand dragon avec eux se donnant le luxe de se distraire pendant le chemin avec leur mal normal. Dans leur esprit, à partir de maintenant, rien ne pouvait mal tourner parce qu'ils croyaient qu'en conservant la concentration gagnerait. Au moins, c'est ce qu'ils voulaient.

Cependant, la force opposée n'était pas si bête parce qu'elle avait déjà pris soin de sa première défaite. Un groupe de Galgariens (Planète à côté de Crovos) renforce le contingent de guerre. Les Galgariens étaient connus pour leur force, leur sang-froid, leur courage et sans peur. L'équipe de guerre a pratiquement triplé avec leur présence.

Sans le savoir, le groupe de Lucifer se déplaçait tranquillement entre les petites villes et les campagnes qui précèdent la prochaine soif-ville. La fierté, la pré puissance et la confiance resteraient ce qui leur était mauvais. Comme le dit le mot, l'assurance est morte de vieillesse. Cette erreur pourrait les coûter cher.

Toujours en route, les diables ont une petite surprise, une embuscade armée par les forces de Crovos où ils étaient piégés. Puis la guerre a commencé, une grande bataille avec des épées, des rayons, des forces corporelles, des armes interstellaires et de la force magnétique. Contrairement à l'autre fois, forces équivalentes à avoir des pertes d'un côté et de l'autre. Les démons sont difficiles à croire que pour la première fois leur but est en péril.

De l'équilibre, la force locale a commencé à avoir un avantage en termes numériques et en termes de connaissances sur le terrain. Les êtres maléfiques sont restés un peu plus à essayer de prendre le désavantage en raison de leur fierté intérieure. Cependant, il a atteint le point où les généraux ont suspendu leur stock et abandonné la ville. Puis le retrait de troupes fut donné, retournant à la base et à la ville précédente. La deuxième étape de la guerre leur a été un échec.

Au cours du tour, il y a eu une désorganisation dans le groupe maléfique, l'un avec l'autre s'accusant pour défaite. Les chefs suprêmes ont contrôlé la situation et ont donné beaucoup aux insurgés. Vous avez dû couper votre propre mal dans la racine pour que les lâches ne gâchent pas le but principal. Pendant le long cours, ils ont l'occasion de réfléchir sur les erreurs et les colonies avec un élaboration d'une nouvelle stratégie. Comme il était, je ne pouvais pas.

Lorsque vous arrivez au siège, les sept Princes noirs se réunissent pour obtenir des solutions afin d'éviter les dommages majeurs.

Le troisième débat

Devant la table principale, les mêmes personnages commencent toujours à interagir entre eux.

« Je ne peux pas croire qu'une troupe aussi préparée que la nôtre soit tombée par terre avant des êtres inférieurs. Je ne l'admets pas ! (SCREAMS)

« J'assume la responsabilité de mes troupes. La culpabilité est à nous, mais c'est à vous de signaler que l'ennemi s'est renforcé et avait plus de griffe que la dernière fois. (Léviathan)

« Mes légions ont aussi fonctionné. Nous avons vu comment ils ont donné le plus grand pouvoir à leur adversaire et certains ont perdu la vie. C'est ma reconnaissance à ces héros. Si vous voulez tenir quelqu'un responsable, versez-les sur nous et pas sur eux. (Solidarisé Azazel)

« Vous vous en sortez bien ? La défaite est la défaite. En réfléchissant, ça ne sert à rien de perdre mon temps à chercher coupable. Frère Belphégor, vos anges sont prêts ? (Lucifer)

« Prêt, aiguisé et à votre disposition, mon maître bien-aimé. (Belphégor)

« Envoyez-les au champ de bataille avec les autres. Une indignation de cette taille ne peut pas rester impunie. (Lucifer)

« Maintenant. (Belphégor)

« Quant aux autres, restez tranquille. Je vous demanderai tout de suite vos contingents. On ne peut plus attendre. (Lucifer)

« Alors qu'il en soit ! (Lucifer)

« Un salut à notre Seigneur ! (Asmodée)

La séance a été dissoute et ils sont allés chercher leurs obligations. La bataille ne pouvait plus attendre de faire de Crovos le principal champ de confusion dans l'univers. Que ferait les gens combattants, amicaux et courageux de cette planète face à la fureur de démons si puissants ? Ne ratez pas les prochains chapitres.

Makmarry

Juste après l'ordre des anges rebelles, les légions du diable se présentèrent à leurs patrons et se mitrent ensemble au point de bataille suivant. Anxieux, nerveux et déterminés qu'ils écrasaient tout et tous ceux qui se sont mis devant vous. La colère était un sentiment commun parmi eux à cause de leur propre nature et du fait de l'humiliation imposée par la bataille précédente. De toute urgence, leurs esprits exigeaient réparer et seul le sang pouvait l'adoucir.

Contraster cette colère était la foi, le courage, la détermination, la griffe et la décision des opposés. Ces forces opposées devaient se réunir à nouveau et le résultat était un incognito. Les deux côtés ont eu la chance de sortir des gagnants. Ma pompon girl particulière va au peuple de Crovos, ils essayaient seulement de défendre leur peuple et leur terre contre des envahisseurs cruels, froids et calculateurs. Les démons ne pensaient qu'à dominer le monde et, par conséquent, ils prenaient un risque massif. Ces êtres maléfiques ne méritaient pas de pitié parce qu'ils voulaient être plus grand que Dieu, et c'était impardonnable.

Makmarry était relativement proche de Podeison et bientôt les ennemis arrivèrent. Immédiatement, les habitants ont réagi et les fronts de bataille ont été fixés. Le feu, les armes mortelles, les coups de poing, les coups de pied et la force mentale étaient des armes utilisées. Dès le début, la lutte s'est révélée avec la perte des deux côtés. Même avec la fatigue, le solde était maintenu. Au fil du temps, de nombreuses créatures furent effacées et les patrons des groupes craignaient la situation. Dans une attitude inattendue, ils ont arrangé une trêve pour ne pas être autant de dégâts. La dispute s'était terminée. Les démons campaient là et attendaient d'autres troupes pour arriver et comme les armées.

Lorsque les autres groupes arrivaient, la trêve provisoire se terminerait et une autre étape de la face se produirait. C'était dommage parce que la paix est la meilleure chose qu'il y ait.

Dasteny

Les troupes furent renforcées et se déplaçaient vers un nouveau front, près de Dasteny. L'endroit était vaste, planifié, sombre et sombre. Dès leur arrivée, le carnage a commencé : douleur, révolte, sang, chagrin, opposé, et défis. Un champ de bataille est un lieu cruel où il n'y a pas d'amitié, d'amour ou de pitié. Tu ne veux pas que le lecteur participe à quelque chose comme ça à un moment donné de la vie, ou je ne veux pas. Une guerre est vraiment incessante.

Les démons étaient vraiment en grand nombre cette fois et prenaient lentement la place. Pour les autres, il reste à continuer à combattre avec courage, même la vie elle-même. Avec une victoire imminente, ils commencèrent à jouer et rirent avec leurs adversaires. C'était une marque de démons sarcastiques.

Après un certain temps, il y avait peu d'habitants de Crovos qui se réfugiaient dans les rochers. Les ennemis sont partis pour la ville et ont ensuite commencé à faire leur travail de mauvais pur : retraits, mort, prisons et hérésies. Il semblait que rien ou personne ne pouvait les arrêter. Mais combien de temps cette situation restera-t-elle ?

De l'autre côté de la planète, Ventur Okter, le descendant du Christ, a pris connaissance de la défaite de la situation. Dans le processus de l'affaire, il réalisa que son peuple avait très peu de chances contre un ennemi si puissant. C'est alors que l'utilisation de sa magie blanche a invoqué la Cour de Céleste et leur a expliqué la situation. Trois archanges furent ensuite envoyés par Miguel, Rafael et Uriel et leurs anges respectifs. Le but était d'empêcher Satan de devenir roi et de prendre le commandement d'une planète. Le groupe est resté à Cristalf en attendant la prochaine action de l'ennemi. Et maintenant ? Il semble que les choses allaient se réchauffer et devenir Crovos le centre de l'attention de l'univers. La bataille du bien contre le mal était presque sans fin.

La bataille de Virgilia

L'autre jour, les êtres maléfiques se rassemblèrent et renforcés là devant la bataille encore plus. De la ville dominée,

Dasteny, ils furent envoyés en Virgilia. Virgilia est une ville connue pour ses enfants, sa culture et ses artefacts historiques. Avec environ un million d'habitants, c'était le troisième sur l'échelle de l'importance du royaume entier. Si Satan pouvait le maîtriser, ce serait un pas pour établir son gouvernement partout sur la planète.

Deux cents kilomètres séparaient le peloton maléfique de la bonne équipe. L'un d'eux, ils ont suivi des buts distingués, tandis que le bien voulait protéger les innocents, les mauvais cherchant à détruire. Ce sont des forces opposées en contradiction qui devraient mesurer les forces en territoire luttant. Il n'y avait pas d'autre moyen de régler ce différend.

Les villes situées autour de cette région étaient pratiquement vides. C'est une suggestion gouvernementale que les civils seraient préservés. Il était injuste de perdre tant de vies pour une petite raison comme ça. C'était au moins la vision du bien. Le mal se souciait peu du bien-être de la population. C'est pourquoi ils devraient être arrêtés à tout prix par la commande de Miguel. Qui est comme Dieu ? Et si Dieu est pour nous, qui sera contre nous ? La suprématie divine était la meilleure chose qui a été gagnée depuis la guerre d'Ange. Ce ne serait pas maintenant que ce serait différent.

Avec cette pensée positive, les archanges du bien et de leurs troupes accélèrent le pas vers la recherche et l'interception le plus rapidement possible de leurs opposés. A ce moment d'euphorie et de décision ont prévalu le courage, la force et la peur de nos amis les plus ailés. Les démons viennent aussi.

Un moment plus tard, la date arrive. Pour la surprise des démons, le bien est presque totalement forcé. Miguel et son pouvoir sont capables de combattre des millions et les adversaires en étaient conscients. Cependant, la fierté d'être un ange tombé parlait plus fort. Ils se battent sans attente. Tout de suite, une petite légion d'anges peut affronter les démons. Il fallait se préserver pour une bataille finale probable et imminente. Jusqu'à ce que ça n'arrive pas, tu devais bien planifier tes prochaines étapes.

La bataille a duré longtemps avec des pertes des deux côtés. Près de la fin, un petit avantage pour la force du bien qui est sagement appréciée. La plupart des démons sont coincés, piégés et subduits par la force des serviteurs du Christ. Ceux qui s'échappent commencent à revenir au mal réduisent. Et maintenant ? Quel serait leur prochain arrangement ? Y avait-il des conditions à réagir ? Sans doute, rien n'est encore décidé.

La décision

Au début du retour des démons, il y avait beaucoup de tristesse, de confusion et d'impuissance. Avec la défaite dans les bagages arrière, ils craignaient une punition possible des patrons pour échec. Bien qu'il fût naturel de vaincre les anges guerriers, ils connaissaient très bien la colère des princes du mal. Le mal lui-même détruit l'identité commune. C'était une loi pour eux et connaissant leur destin, il fut laissé pour s'établir.

Tout a son temps et chaque instant passe, sauf les immortels. Ces petits anges du bien et du mal qui se sont battus au front de la bataille étaient des morceaux d'un destin cruel et inévitable. Cela se produit dans toutes les guerres ; les conséquences sont laissées pour ceux qui n'ont rien à voir avec eux. Injustice ? Une grande injustice, mais il fallait construire des empires, étendre les pouvoirs et les conflits directs. Les responsables de ça n'en étaient même pas. Ce qui se passait juste cet instant à Crovos était une poursuite de la bataille épique des anges se produisit à Kalenquer. Bien qu'une force ne prévalût pas complètement, ces événements se répèteront indéfiniment dans l'espace visible et invisible.

Même les grands archanges montrent l'exemple du plancher de Miguel et Lucifer sur un plancher coordonné par une force supérieure. Dieu avait créé les deux forces justes pour cela, pour donner la liberté de choix et pour équilibrer les équations de l'univers. C'est pourquoi il y a un dicton que Dieu est mathématicien. Dans une certaine mesure, la liberté est autorisée, tant qu'elle ne contredit pas la volonté divine qu'elle est et sera toujours suprême dans l'univers entier.

Sans savoir, c'est une compréhension supérieure, les anges et les mauvais esprits reviennent après un long voyage vers leurs réductions. Immédiatement, Satan est informé des dernières nouvelles de la dernière étape et en précaution une petite réunion est appelée à nouveau. Il était urgent de décider de la transmission de la guerre. Avant cela, cela fait un point d'exterminer votre feu vos alliés vaincus. C'était le prix de payer pour la déception causée dans son âme tempérament tale.

Dans la salle principale du bâtiment noir, les sept princes maléfiques étaient de nouveau les sept princes. La discussion a commencé.

« Merde ! Mille fois foudre ! Quel genre de démons sont

les nôtres si facilement battus ? Même en kalenquer, ils ont agi comme ça.

« Pardonnez-moi, maître bien-aimé ! Je ne comprends pas ce qui s'est passé, mais depuis que c'est arrivé, c'est tout à propos de la salutation de penser à une issue. (Belphégor suggestif)

« Ils ont déjà eu leur pardon ! Grosse feu dans le cul. Mais c'est fini. Allons-y et pensons à une nouvelle stratégie. Que suggérez-vous, mes compagnons détestés ? (Le Diable)

« Utilisez la même tactique que l'ennemi, la surprise et nos meilleurs anges. (Léviathan)

« Cette défaite doit être un apprentissage. Nous utilisons toute notre colère à partir de maintenant. Nous ne devons avoir aucune pitié, aucune considération, ni amour pour personne. (Azazel)

« Mes hommes ont été exterminés. Mais je ne refuserai pas de mettre ma tête à ta disposition. (Belphégor)

« Ne sois pas naïf, mon cher ami. Les anges renaîtront encore. Bientôt, votre troupe sera complète. Merci pour la goutte. (L'Archange Noir)

« De rien. (Belphégor)

« Nous allons utiliser des richesses acquises sur la planète pour obtenir une troupe plus grande. Qu'en pensez-vous ? (Mammon)

« Bonne idée. J'inviterai les Balzaks, les habitants de la quatrième planète se rapportent au soleil. Ils se vendent pour tout. (Le père du mensonge)

« Nous devrons fournir à cette troupe beaucoup de nourriture. Les Balzaks adorent manger. (BELZEBUB)

« Bien vu. La nourriture à l'aise, donc ils ne tombent pas défoncés dans l'embrase. (Le démon)

« La fierté est notre force principale. Nous sommes face à un groupe convaincant. Mais si on n'essaie pas, on ne saura jamais si on peut gagner. (ASMODEU)

« Je suis au courant de cela. J'ai écrit toutes les suggestions et le meilleur de mon mieux pour les mettre en pratique. On va aller en un seul morceau et Miguel ne se moque pas de nous mépriser parce qu'on n'a rien à perdre. En avant !

« Au destin ! (Asmodée)

« Pour Lucifer, ils les répétèrent tous.

Dissoluble la réunion, les groupes se formaient un peu en ciblant la prochaine rencontre avec la force opposée de votre part. Le futur promis.

Pendant ce temps, au Palais Royal, à Cristalf

Comme dit, les archanges et la plupart de leurs légions commencèrent le retour au rebond de Cristalf, en soif du royaume de Crovos. Le bien était bien préparé seulement nécessitait une nouvelle organisation selon les besoins de la guerre. Les trois archanges, avec toute leur expérience, connaissaient la valeur de la force de Lucifer et leur fierté. La défaite subie en Virgilia ne serait pas sans réponse au plus haut. Conscient de cela, pendant le cours, ils guident leurs commandes de quelle façon agir et se comporter devant un ennemi frustré mais fort.

Miguel est le plus beau et le plus fort des archanges. Connu comme Dieu Warrior a dans son épée bleue flambante sa plus grande arme contre les ennemis. Jamais, dans toute son histoire, quelqu'un l'a battu. La grande bataille des anges fut son plus grand défi face à son frère et le plus grand rival Lucifer. Cette première rencontre révéla une grande fin par le sacrifice de Divin, fils spirituel de l'Éternel. Une nouvelle date serait une revanche intéressante entre les deux. Les deux autres Archanges vivaient aussi dans des situations semblables à leurs frères rebelles d'une hiérarchie. En plus de cela, il y aurait plusieurs réunions entre les petites castes de Crovos qui rendent le différend personnel. Ensemble, chacun de ses côtés défendait ses intérêts et dans ce concours valait tout.

Crovos était une planète charmante et chaude. Cependant, avec le déroulement de la guerre, il était devenu vide et dévasté. Les raids constants des démons à travers la planète ont été des conséquences catastrophiques pour la végétation et pour la survie de la population. C'était un héritage cruel de ce soulèvement, comme cela s'était passé à Kalenquer. C'est exactement ce que les archanges voulaient minimiser dans la réalité actuelle. Pour y parvenir, ils devraient agir très vite.

Parcourant les montagnes Rocheuses, volcans lisses et froids, abîmes foncés, lacs et rivières profondes, conduisant à l'horizon et au fond. La pensée actuelle se concentre sur la prochaine bataille à Harrant. Ils devraient planifier chaque étape du processus avec pour ne pas échouer et essayer de mettre fin à cette guerre sans sens. Au fait, toutes les guerres ne sont pas inutiles.

Bien organisé, les êtres ailés de la lumière vont au destin. Dieu merci, le voyage s'était déroulé sans problème avec les trois princes du ciel, avec le descendant du Christ réunis au siège du gouvernement. L'objectif était une conversation rapide sur la situation actuelle et de petits détails importants de la planification. Le palais du gouvernement est trop grand et large, avec environ trois étages. Son aspect historique remonte aux origines du royaume quand Dieu a créé les villageois locaux. La réunion se déroule exactement au dernier étage à portes fermées.

La cour où ils étaient la plus grande relique des habitants de Crovos composés par le sanctuaire du culte au musée où ils étaient stockés des objets rares et riches et la salle de contrôle. Dans ce dernier environnement, ils étaient concentrés sur les êtres déjà mentionnés.

« Comment était Virgilia, Miguel ? (Ventur Okter)

« Normal. Notre groupe a maîtrisé les actions devant nos ennemis, et nous n'avons pas à agir. Passons à la prochaine étape. (Miguel)

« Le danger est-il passé ? (Ventur)

« Pas tout à fait. La bataille n'a même pas commencé. (Informe Miguel)

« Nous les avons pris surpris. Je crois qu'on n'aura pas autant de chance que nous soyons à partir de maintenant parce que le mal sait déjà qu'on est là. (Rafael)

« Je comprends. Bref, c'est une victoire à fêter. (Ventur Okter)

« Oui, c'est vrai. (Miguel)

« Dieu conduira nos pas à la victoire. Pour tout ce que j'aime et que je crois, je jure que je vais essayer de faire le bien. Nous ne laisserons pas le sacrifice de Divine en vain. (Uriel)

« Ce n'était pas vain. Mon frère a choisi de nous rendre. C'est une attitude louable et appartenant à de grands hommes. Même si je ne l'ai pas rencontré, je l'admire et je le loue. (Ventur)

« C'est la personne la plus importante de ma vie. Où que tu sois, je sens que tu nous bénis et nous guides. (Uriel)

« Alors qu'il en soit ! (LES AUTRES)

« Quelle est la prochaine étape, prince céleste ? (Ventur)

« Nous allons partir pour Harrant et attendre nos adversaires. Nous prendrons notre contingent pour les arrêter. On ne peut pas les autoriser à s'approcher de la capitale. (Miguel)

« Bonne idée. Je prierai pour toi. (Ventur)

« Merci. (Miguel)

« La royauté de Notre Seigneur vous consolidera aussi sur cette planète. Demandez à vos gens de nous aider aussi. (Demande Rafael)

« Je vais le faire immédiatement. (Ventur)

« Parfait ! (Rafael)

« Pour l'Éternel, Jésus et Divin ! (Uriel)

« Pour l'Éternel. Jésus et Divine ! (Répétez les autres)

« Sont licenciés. On s'occupera des troupes. (Miguel)

Pendant que les anges sont allés à la guerre, le descendant du Christ agirait dans les groupes de résistance locaux, rendant l'action de l'ennemi difficile. Toute aide était bienvenue et nécessaire à un moment aussi important que celui-ci. Santé pour la force du bien, lecteurs, continue à prêter attention au récit.

A Harrant

Harrant était la deuxième ville la plus importante du royaume. Avec environ deux millions d'habitants, il était réputé pour ses piscines de feu, haute altitude et son temps plutôt froid en hiver. La ville était prête pour un nouvel épisode de la guerre épique de Crovos, entre les mains des combattants était le destin de tous.

L'équipe de Satan est bientôt arrivée hors du site, n'ayant rien reçu d'amical par Miguel. Les équipes de combat ont été divisées en sept groupes, choisis en fonction de l'importance de chacun. Dans chaque groupe, des milliers d'anges se sont battus, que ce soit la prévalence de l'un ou l'autre. En conséquence, les morts ont été les deux côtés. Quant aux dirigeants de chaque légion, ils se fixent au commandement en s'abstenant de la lutte individuelle elle-même.

L'aide de millions de Balzaks était vraiment précieuse. Municipalisé par la griffe, le courage et par les faveurs personnelles, ce groupe a commencé à surprendre et à surmonter les hôtes. Chaque instant qui passait, l'avantage numérique et stratégique s'est développé par une partie de la ligue diabolique. Puis, avec une tentative frustrée, le bon groupe a presque égalisé les forces, mais ce n'était qu'une impression.

L'avantage du mal était clair et pour éviter de plus grands dégâts, les anges ont pris leur retraite. Le groupe de Miguel est allé au siège social puis au quartier général pendant que les démons ont repris la ville et ont fait leurs pilories quotidiennes. Le mal avait donné le changement, et maintenant il était bon d'essayer de dessiner une réaction pendant qu'il y avait du temps pour cela.

Une fois dans la capitale, les anges se rassemblent et prennent des dispositions. Le plus important est la convocation des autres archanges et de leurs légions respectives. La situation dans laquelle ils étaient, tu n'as pas pu faciliter la tâche.

La demande a été acceptée et par les portails dimensionnels, les convoqués ont rejoint ceux qui étaient déjà à Cristalf.

La dernière bataille

La dernière bataille a été prévue. En venant d'un revers, l'équipe de Miguel était renforcée. Dès leur arrivée, les anges se dirigeaient vers les démons qui approchaient déjà la capitale. Le but du mal était de diriger le monde alors que le bien était de les virer. Jusqu'à ce moment, la population de Crovos avait presque été effacée. Il n'y avait que quelques civils et quelques combattants qui se battaient pour leur patrie. C'était de vrais héros.

C'est pour une cause juste que Miguel et ses anges étaient là pour la liberté, l'honneur de Dieu, pour les justes et pour le droit. Rien ne les empêcherait de se battre pour ce qu'ils croyaient. Il est temps de mettre fin à tout mal. Avec cela, ils ont lutté pour se débarrasser dès qu'ils pouvaient avec l'ennemi.

Ça ne prendra pas longtemps, et ils trouvent leurs adversaires à environ 10 kilomètres du quartier général. Puis l'ambassade impliquant tout le monde, grand et petit. Le champ de bataille sur la plaine bouillie de sang, cris, douleur, souffrance, impiété. Le reste des troupes locales de Crovos est pratiquement exterminé, seule une jeune femme nommée Kessy et le descendant du Christ, Ventur Okter qui a survécu en fuyant le palais quand un groupe de démons se tenait hors du front principal attaqué.

Cependant, la lutte s'est poursuivie entre les anges, les démons et les Balzaks. Dans ce contexte plus vaste, la lutte individuelle se tenait entre Miguel et Lucifer. Frères jumeaux, vous connaissiez les faiblesses de l'autre, et ça rendait plus difficile la dispute. Pendant longtemps, ils restent peau et équilibre. Ventur Okter, réalisant le bon moment décide d'invoquer son père, l'Éternel, à s'installer une fois pour toutes ces situations bizarres et dangereuses. Sa demande est répondue et Dieu met le feu sur le champ de bataille du côté des démons. Ils se font coincés par les flammes, Satan se fait dérouler et Miguel peut le soumettre par son épée flamme et son aura bleue.

Dès ce moment, les démons descendent un par un et quand ils sont complètement dominés, ils sont jetés par Miguel et son gang vers le trou noir. Là, ils sont aspirés dans une destination inconnue. Là ! La royauté de l'Éternel est à nouveau garantie et Crovos est en sécurité malgré toutes les dévastations qui ont été soumises. Le bon va encore triompher.

Peu après, les anges disent au revoir aux survivants et commencent à faire le voyage vers leur maison. La deuxième étape de la confrontation entre le bien et le mal était accomplie comme des prophéties. Maintenant, je commencerais une nouvelle histoire.

Réveille-toi

Trance est finie. Nos amis se réveillent à nouveau et se voient devant un Jésus souriant et tranquille. Devant le regard du doute de ses disciples, il décide de se manifester.

« Tu vois ? C'est tout ce qui s'est passé sur cette planète depuis longtemps. Ventur en est témoin. C'était le dernier sceau final. Félicitations, Divine !

« Merci, mon frère. C'était agréable de savoir que pendant un court moment de l'histoire de cet endroit. Je suis content que nous ayons gagné cette aventure et par le passé. Tu es mon héros principal et tout le monde ici. Je suis content. (Le médium)

« Bien. Je vais devoir partir maintenant. J'ai beaucoup de responsabilités envers moi-même, mon père et mon peuple. C'était un plaisir, les gars. (Jésus)

« Enchanté de vous rencontrer tous. (Renato)

« Alors je vais le voir ! (Ventur)

« Nous reviendrons bientôt. (Informe Rafael)

« Nous allons mener et les garçons à la maison. (Uriel)

« Je sais. Merci à tous. À plus tard ! (Jésus)

« À plus tard ! Je t'aime, Jésus ! (Le médium)

« Je t'aime aussi ! (Jésus)

Jésus s'approcha de ses serviteurs et leur donna un dernier baiser au revoir. Deux rêveurs étaient ensemble la représentant le duo le plus dynamique de la littérature. Qu'ils aient été réussis et heureux était tout ce que Dieu voulait pour les deux.

À la fin de l'étreinte, Jésus vole enfin et disparaît dans l'immensité de l'univers. Rafael prend alors le mot :

« Maintenant c'est notre tour. On rentre chez nous ?

« Allez. D'accord, Renato ? (Fils de Dieu)

« Tout va bien. C'était une aventure. Merci de l'occasion. (Renato)

« De rien. (Le médium)

« C'était un plaisir de vous rencontrer, les gars. Le petit rêveur a conquis mon cœur, et je suis sûr que les lecteurs l'ont aussi. Allez en paix. (Ventur Okter)

« Alors qu'il en soit. (Divine)

Rafael et Uriel prennent les humains et se jettent vers l'espace. En surmontant l'atmosphère, ils atteignent encore la porte dimensionnelle qui donne accès au trou noir. Là, souffrant des mêmes horreurs du passé, surmontent les obstacles et gagnent la galaxie. Il y aurait un long voyage vers la Voie Lactée et le système solaire où vivent Divine et Renato. Cependant, le pire était fini.

En utilisant une vitesse élevée, les anges surmontent dans un temps raisonnable à une très distance qu'ils devaient aller. Ils descendent sur la planète, spécifiquement au Brésil. L'aventure était terminée.

Chez moi

Les garçons ont été livrés à leurs résidences respectives dans le village le plus bucolique de Pernambouco. Chacun commencerait dans sa routine normale après une saison disparue. Il y avait encore quelques jours de congé pour le fils de Dieu et qui serait apprécié avec la famille. Un repos mérité peu après une autre aventure s'est accompli. Renato serait rejoint à nouveau à l'université et à travailler sur le terrain. Il y avait encore beaucoup de temps pour se battre un peu plus pour ses buts.

Celui qui a rejoint les deux et la classe série était la soif d'aventures et de connaissances. Si Dieu voulait, il y aurait encore beaucoup d'histoires à raconter sur votre marche. Alors que cette fois ne suffit pas, vous serez avec Dieu et jusqu'à la prochaine fois. Un baiser et un câlin aimant pour tout le monde. La chance et le succès.

La fin

www.ingramcontent.com/pod-product-compliance
Lightning Source LLC
LaVergne TN
LVHW020449080526
838202LV00055B/5398